U0064842

Fun 心讀雙語叢書建議適讀對象 :

初級	學習英文 0～2 年者
中級	具基礎英文閱讀能力者（國小 4～6 年級）

Tabitha Meets An Elephant

貝貝與小潔的相遇

Marc Ponomareff　著
王平、倪靖、郜欣　繪

國家圖書館出版品預行編目資料

Tabitha Meets An Elephant:貝貝與小潔的相遇 /
Marc Ponomareff著;王平,倪靖,郜欣繪;本局編輯
部譯.－－初版一刷.－－臺北市：三民，2005
　　面；　　公分.－－(Fun心讀雙語叢書.小老鼠貝
　　貝歷險記系列)
中英對照
ISBN 957-14-4226-7　(精裝)

1. 英國語言－讀本

805.18　　　　　　　　　　　　94001174

網路書店位址　http://www.sanmin.com.tw

© **Tabitha Meets An Elephant**
　　——貝貝與小潔的相遇

著作人　Marc Ponomareff
繪　者　王　平　倪　靖　郜　欣
譯　者　本局編輯部
出版諮
詢顧問　殷偉芳
發行人　劉振強
著作財
產權人　三民書局股份有限公司
　　　　臺北市復興北路386號
發行所　三民書局股份有限公司
　　　　地址 / 臺北市復興北路386號
　　　　電話 / (02)25006600
　　　　郵撥 / 0009998-5
印刷所　三民書局股份有限公司
門市部　復北店 / 臺北市復興北路386號
　　　　重南店 / 臺北市重慶南路一段61號
初版一刷　2005年2月
編　號　S 805091
定　價　新臺幣壹佰捌拾元整
行政院新聞局登記證局版臺業字第○二○○號

ISBN　957-14-4226-7　(精裝)

For Justine

Two elephants, a mother and a baby, were walking across the African plain. They were going to visit the father elephant, who worked at the circus*.

*為生字，請參照生字表

3

It took them all day to reach the field where the circus was set up. Now it was evening. The gatekeeper was a rude man who wanted to charge them for tickets. But the mother elephant picked him up with her trunk*, and threw him into a water hole. Seeing this, the baby elephant made a noise like a trumpet.

And then — she saw a mouse!

The mother elephant saw it too. She began to feel nervous.

She hid herself, not very successfully, behind a palm tree.

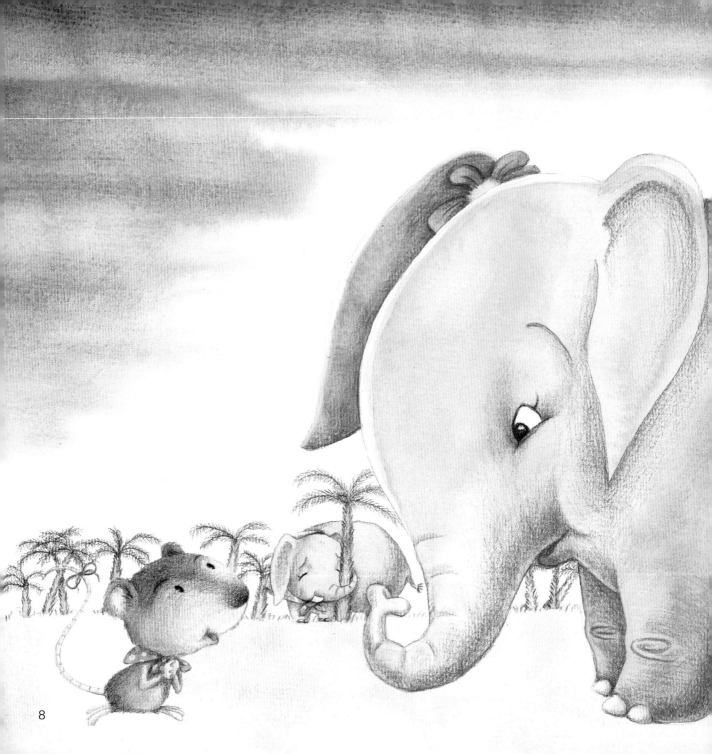

8

"What's your name?" the baby elephant asked the mouse.

"Tabitha," answered the mouse.

"My name is Jessica," said the elephant. She gave a gentle pat* to the mouse's head with her trunk.

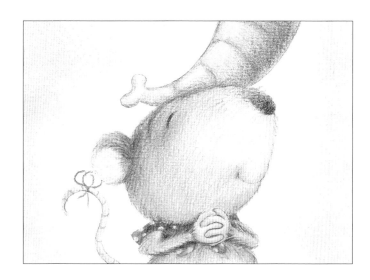

"Please help us," said Tabitha. "An angry bear has escaped*
from his cage. He has eaten all of the hot dogs and cotton candy.
He has torn the animal balloons to shreds*. Now he is drinking all
of our lemonade and soda pop. There is nobody to stop him, for
most of the people have run away."

"I," said Jessica, "am just the elephant to help you! I'm not scared of anything!"

The mouse was impressed*. She began to feel brave also, with the large elephant beside her. Her small chest* puffed out*, far enough to fill even the strongest bear with alarm.

The two friends entered the main circus tent. Inside,
they saw the bear. It was trying to swallow a beach ball.
"The greedy thing!" said Tabitha.

Suddenly, Jessica began to feel afraid. The bear was much bigger than she had imagined. Then she saw a small, sharp stick* lying on the ground. She picked it up with her trunk and gave it to Tabitha.

"You do it, please," she whispered*.

Silently, the mouse walked up to the growling* bear. Closing her eyes, she poked* the stick into the beach ball with all her strength—

20

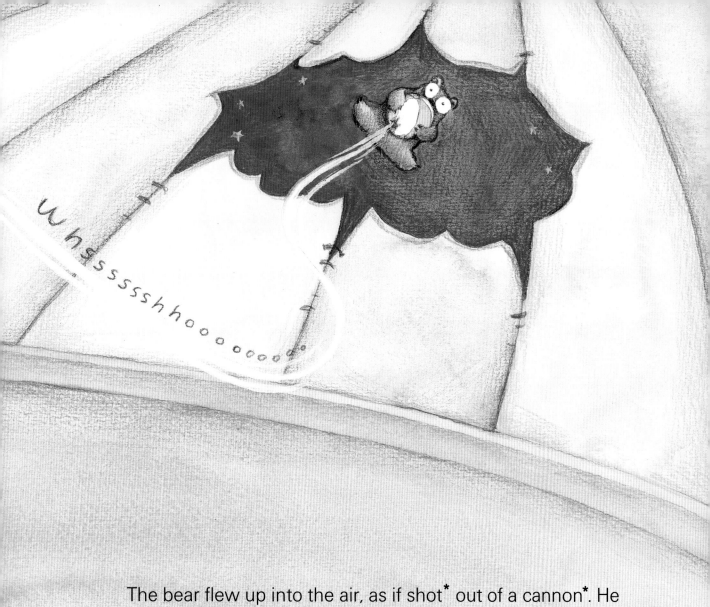

Whssssssshhoooooooo

The bear flew up into the air, as if shot* out of a cannon*. He vanished* far above the circus tent, into a sky filled with stars.

"Wow," said Jessica. "You, a small mouse, are even braver than an elephant."

Tabitha's whiskery* cheeks turned red. She hid her pleased smile with her tail.

"Will you be my friend, and stay with my family forever*?" asked Jessica.

"I would love to," said Tabitha. "But please promise me one thing."

"What's that?"

"To protect me from the big cats."

"Of course I will," said the elephant, smiling.

And the two friends walked out, together, into the African night.

生字表

adj.=形容詞，n.=名詞，v.=動詞

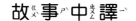

故事中譯

p.3

有兩隻大象——一隻象媽媽和一隻象寶寶——正走在非洲的大草原上，要去找在馬戲團工作的象爸爸。

p.4

他們花了一整天的時間，才走到馬戲團搭建的地方。現在已經是傍晚了，守門的人卻很沒禮貌，還想跟他們收門票，所以象媽媽用象鼻子把他捲了起來，然後丟到水塘裡。象寶寶看到這一幕，高興得發出了像喇叭的聲音。

p.6

這時——她看到了一隻老鼠！

象媽媽也看到那隻老鼠了。她緊張了起來，並試著把自己藏在一棵棕櫚樹後面，卻不是很成功。

27

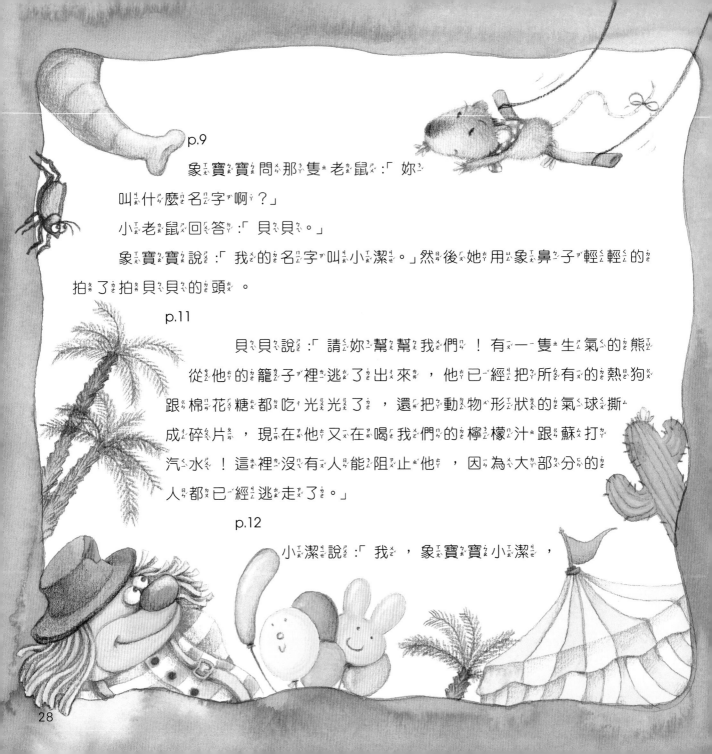

p.9

象寶寶問那隻老鼠:「妳叫什麼名字啊?」

小老鼠回答:「貝貝。」

象寶寶說:「我的名字叫小潔。」然後她用象鼻子輕輕的拍了拍貝貝的頭。

p.11

貝貝說:「請妳幫幫我們!有一隻生氣的熊從他的籠子裡逃了出來,他已經把所有的熱狗跟棉花糖都吃光光了,還把動物形狀的氣球撕成碎片,現在他又在喝我們的檸檬汁跟蘇打汽水!這裡沒有人能阻止他,因為大部分的人都已經逃走了。」

p.12

小潔說:「我,象寶寶小潔,

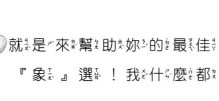

就是來幫助妳的最佳『象』選！我什麼都不怕！」

小老鼠貝貝覺得好感動喔。有了這隻這麼大的大象在她身邊，她也開始覺得勇敢了起來。她用力鼓起她小小的胸膛，鼓得好高好高，高到連世界上最強壯的熊看了，都會感到驚慌。

p.15

然後，她們兩個進入了馬戲團的主帳棚。她們看到那隻熊在裡面，正試著要把一顆海灘球吞進肚子裡。

貝貝說：「這個貪心的傢伙！」

p.16

但是，小潔卻突然害怕了起來，因為這隻熊遠比她想像的要大多了。

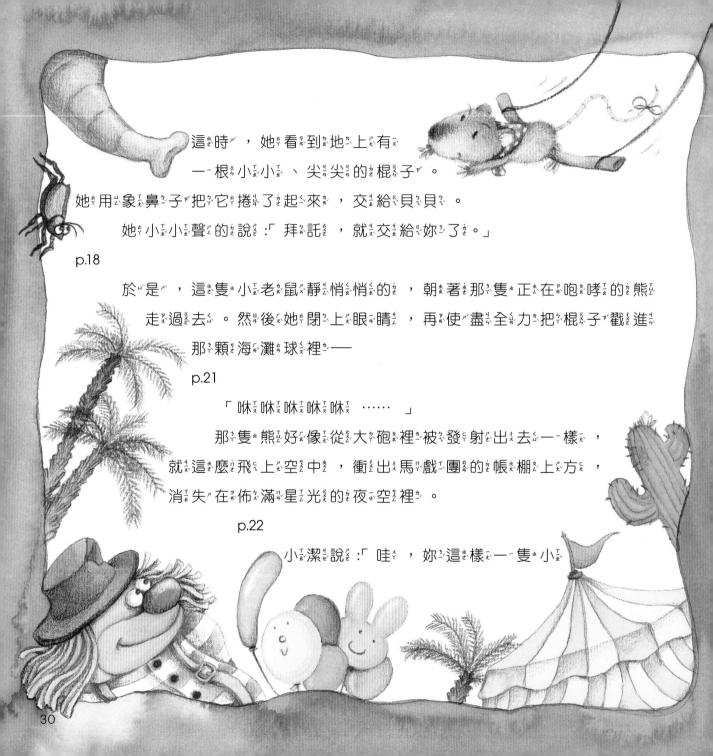

這時，她看到地上有
一根小小、尖尖的棍子。
她用象鼻子把它捲了起來，交給貝貝。
她小小聲的說：「拜託，就交給妳了。」

p.18

於是，這隻小老鼠靜悄悄的，朝著那隻正在咆哮的熊
走過去。然後她閉上眼睛，再使盡全力把棍子戳進
那顆海灘球裡——

p.21

「咻咻咻咻咻……」
那隻熊好像從大砲裡被發射出去一樣，
就這麼飛上空中，衝出馬戲團的帳棚上方，
消失在佈滿星光的夜空裡。

p.22

小潔說：「哇，妳這樣一隻小

老鼠，甚至比大象還要勇敢呢！」

貝貝長著觸鬚的臉頰紅了起來，還用她的尾巴藏住她高興的笑臉。

p.23

小潔問：「妳願意當我的朋友，永遠跟我的家人待在一起嗎？」

貝貝說：「我很樂意，不過，請答應我一件事。」

「什麼事？」

「妳要保護我不被大貓欺負喔。」

象寶寶微笑著說：「當然，沒問題。」

p.24

然後這兩個朋友就一起踏出了馬戲團帳棚，走進非洲的夜色之中。

延伸練習

 A. 請根據故事的內容選出正確的字，使句子的意思完整：

1. The father elephant worked at the circus circle.
2. The mother elephant threw the gatekeeper the father elephant into a water hole.
3. Jessica gave a gentle pat to the mouse's head with her chest trunk.
4. An angry snake bear escaped from his cage.
5. Tabitha Jessica poked the stick into the beach ball with all her strength.

 B. 請看圖，拼出正確的單字：

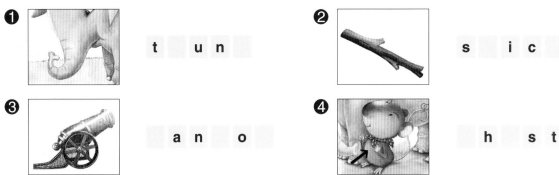

❶ t _ u n

❷ s _ i c _

❸ _ a n _ o _

❹ _ h _ s t

關於大象的二三事

　　小朋友，你猜猜看，哪一種動物是陸地上體積最大的動物呢？沒錯，就是大象！大象可以按牠們居住的地方分成兩個主要的類別：一種是住在亞洲的印度象，另一種則是住在非洲的非洲象。故事中的小潔和她的爸爸媽媽，就是非洲象喔！

　　說到大象，相信大家一定會馬上聯想到牠們長長的鼻子、大大的耳朵、跟尖尖的象牙。這些生理構造對大象來說，都有許多令人意想不到的特殊功用喔！

1 鼻子：大象的長鼻子對牠們來說，就像我們人類的手對我們來說一樣重要！它不但有嗅覺上的功能（牠們的嗅覺很好），還可以用來舉重物、幫助牠們進食及喝水、潑水到身上洗澡並幫忙散熱等等。由於大象身上沒有汗腺，沒辦法靠排汗來散熱，所以這個動作對牠們來說可是非常重要的！除此之外，大象在互相打招呼的時候，還會把長鼻子放進對方嘴裡呢！是不是很有趣呢？

2 耳朵：大象的耳朵不但長得很

大，聽力也特別好。不過這對大耳朵除了用來聽聲音，也可以用來搧搧風幫忙散熱；在牠們受到威脅、要警告敵人時，牠們還會把大耳朵整個往外豎起來，擺出攻擊的姿態，把敵人給嚇跑。那個樣子可是非常嚇人的！

3 象牙：大象那又尖又長的兩根象牙，其實就是牠們的上門牙，其他的牙齒就都乖乖的長在嘴巴裡面。大象常用象牙挖食物和水源，或是打架時拿來當武器。

你知道嗎？

★ 大象可是很聰明的喔！牠們的腦很大，能夠很快學習新的事物，而且記憶力也非常好。

★ 大象也是游泳高手。牠們一天至少會泡一次泥水，或在湖裡、河裡游泳一次。

★ 大象的腳程很驚人（長途跋涉時，每小時可走 16 公里），但是由於牠們的身體實在太重，又礙於腿部的構造，大象是沒有辦法跳的。

★ 大象是很長壽的動物，平均可以活到 65 歲。

A. 1. circus
2. the gatekeeper
3. trunk
4. bear
5. Tabitha

B. ① trunk
② stick
③ cannon
④ chest

導讀

出版諮詢顧問／殷偉芳

　　《小老鼠貝貝歷險記》系列共有六冊，由一個中心主題——友誼——貫穿。本冊《貝貝與小潔的相遇》描述小老鼠和象寶寶之間，如何建立起一段不可思議的友誼。本故事的作者利用一個常見的誤解——「大象害怕老鼠」——來代表大人世界以貌取人、成見取向的處世態度，並突顯孩童世界裡的友誼是如何的單純而珍貴。初生之「象」不知懼「鼠」，象寶寶小潔和小老鼠貝貝就在這種情形下相遇，聯手共同對抗一隻在馬戲團裡撒野的熊，進而成為莫逆之交。

　　故事後面附有兩個練習活動，小朋友看完故事後，可以讓他們試試身手，看看是否了解整個故事？記得多少生字？如果練習的結果不盡理想，家長和老師們也別心急！其實本冊練習部分的生字大多屬於名詞，而要幫助小朋友熟記名詞有個好方法，就是邊看圖片邊記憶，利用圖片來加深對生字的印象。同時可以鼓勵小朋友把故事多看幾遍，並反覆對照插圖，再把故事中的名詞單字遮起來，看看小朋友能依圖說出多少英文生字。

小老鼠貝貝歷險記系列
Tabitha and the Elephants

Marc Ponomareff　著／王平，倪靖，郜欣　繪／本局編輯部　譯

精裝／附中英雙語朗讀CD／全套六本

一隻機智勇敢的小老鼠，
一隻真誠可愛的象寶寶，
六本為孩子量身打造的雙語繪本，
讓你在一連串驚險刺激的冒險故事中學英文！

看小老鼠貝貝與象寶寶小潔，
如何在土狼、蟒蛇、鱷魚、及獅子的威脅下，
靠著默契與機智度過一次次的難關！！

A to Z
26 Tales

二十六個妙朋友，陪你一起

Fun 心讀雙語叢書

✿26個妙朋友系列✿

二十六個英文字母，二十六冊有趣的讀本，最適合初學英文的你！

快樂學英文！

精心錄製的雙語ＣＤ，
　　讓孩子學會正確的英文發音
用心構思的故事情節，
　　讓兒童熟悉生活中常見的單字
特別設計的親子活動，
　　讓家長和小朋友一起動動手、動動腦